Los túneles y otros cuentos

Alberto Hernández

Los túneles y otros cuentos

Primera edición, 2020

LOS TÚNELES Y OTROS CUENTOS

Diseño de portada: «El túnel», Técnica mixta, Lulanny, 2019

Composición: Jorge Rojas

D.R. © 2019, Grupo Editorial Lectio S.A.S. de C.V.
Narbona 6, 09890, Ciudad de México

ISBN: 978-607-98515-0-7

Miembro de la Cámara Nacional de la Industria Editorial Mexicana
Registro número: 3237

Comentarios y sugerencias: contacto@lectio.com.mx
Visita: www.lectio.com.mx

Hecho en México • *Made in Mexico*

Los túneles

[Evidencia policial: versión editada
de la entrevista al testigo del caso
de Carlos Armenta]

Sabía que vendría algún día.

¿Qué cómo podía estar tan seguro? Simple: el hecho de haber sido declarado loco no me convertía en tonto, y comprendía que tarde o temprano se darían cuenta de eso y acudirían a mí. Después de todo, yo soy el único testigo ocular de lo que sucedió con mi amigo.

Sí, ya sé que mi versión de los hechos me ha condenado a vivir en este asilo, rodeado de paredes acolchadas y rara vez siendo tratado con dignidad, pero jamás me retractaré de lo que he dicho. La falta de evidencia, en lugar de resultarme contraproducente, aboga a mi favor y constituye la mejor prueba de mi relato. De una vez advierto que soy el único cabo suelto en todo este asunto; el resto se ha perdido.

Obviamente están desesperados. Han llegado a un callejón sin salida y no me extraña. De hecho, me alegra bastante, pues significa que deberán escucharme con detenimiento, lo cual es justo lo que he solicitado desde hace mucho tiempo.

Deberé empezar, pues, por el principio y darme prisa. No quisiera agotarlo con mis divagaciones. Me veo forzado a explicar (pues es fundamental comprenderlo) las peculiaridades de mi personalidad y la de mi amigo; asimismo, deberé informarle de nuestra situación económica. Tanto Carlos como yo estudiábamos en la Facultad de Arqueología. Elegimos esa carrera debido a nuestra atracción por los misterios enterrados bajo tierra, así como por los restos antiguos y las reliquias ancestrales. Y cabe mencionar que, por esos días, nuestro interés trascendía la curiosidad puramente histórica y científica. Existía cierto espíritu romántico en nosotros, cierta chispa imaginativa que nos hacía incursionar en lo oculto, lo desconocido y lo enigmático. Allí donde nuestros sobrios y agriados profesores solamente veían un trozo de hueso, una pintura antigua o un trozo de piedra tallado, nosotros veíamos maravillosos conocimientos arcanos y místicos.

Ya sé que suena tonto. Sin embargo, entienda que éramos jóvenes entusiastas y apasionados. En consecuencia, veíamos todo bajo una luz muy distinta que el resto del mundo. De hecho, nuestros propios compañeros, acostumbrados a los crudos e insípidos datos duros, nos repudiaban. Solían acusarnos de perder el tiempo con sueños y fantasías engendradas en nuestra imaginación, embotando nuestro instinto científico, lo cual nos impedía comprender las cosas tal cual son.

Esta actitud por parte de los miembros de nuestra

Facultad propició nuestro paulatino aislamiento de la sociedad, y nos unió —más— como amigos y compañeros. Usted se burla de mí, y lo comprendo. Sé que parece que vivo en las nubes. No lo culpo y, de hecho, yo sería el primero en darle la razón. Me divierte imaginar cómo habría reaccionado, entonces, ante una conversación con mi amigo, pues, si le parezco fastidioso, al lado de Carlos yo soy hombre sencillo y mundano. Él sí que era un auténtico soñador.

En fin. Tengo que admitir que como estudiantes éramos gente de escasos recursos. Debíamos rentar departamentos por nuestra cuenta, dado que la universidad no nos los proporcionaba. Yo me alojaba en un edificio departamental más o menos decente; en cambio Carlos, una persona de origen humilde, consiguió establecerse en un cuartucho ubicado en el centro de un barrio que tenía algo de arrabal y de peligroso. La renta le salía sumamente barata y, durante toda mi vida, me seguiré preguntando si el dueño había elegido ese precio porque sabía acerca del horrendo misterio que resguardaba ese lugar. De ser así, y dado que la policía siempre busca un culpable para encerrarlo y justificar así su trabajo, allí tienen un excelente chivo expiatorio. Cierto: yo nunca mantuve el más mínimo trato con ese hombre y, para mí, todavía es un misterio. Jamás lo conocí —ni siquiera de vista—, y lo poco que sé de él se debe a los comentarios casuales de Carlos. Aun así, puedo asegurar que ese casero era un hombre nefasto.

Claro que dicha conclusión no es más que pura especulación de mi parte. No hay evidencia al respecto, y resulta igual de probable que ese hombre ignorara lo que se ocultaba dentro de la casa que rentaba a desprevenidos y poco espabilados estudiantes... Sí, ya sabe a lo que me refiero, ¿no es así? Por lo tanto, asumo que usted coincidirá conmigo cuando digo que es *imposible* que alguien ignore semejante cosa dentro de una propiedad tan pequeña. De ahí mi convicción: ese extraño hombre rentaba ese destartalado cuartucho con perversidad y alevosía.

Estoy al tanto de que sus propios oficiales han reportado sentirse incómodos en ese lugar. No los culpo, y mi recomendación personal es que se mantengan alejados de allí. Yo supe del fenómeno cuando cursaba el tercer semestre de la carrera. Para ese entonces, Carlos ya confiaba lo suficiente en mí para hacerme partícipe de su descubrimiento. Y, por lo que le he dicho, comprenderá por qué nos resultó absolutamente irresistible.

¿Trajo fotos? Excelente, así me ahorraré unas cuantas palabras.

```
[Descripción de las fotografías
        tomadas por la policía]
```

```
[1.ª fotografía]
```

Se muestra el interior de una habitación con las paredes pintadas de color amarillo. Justo en el centro de la imagen puede apreciarse un agujero profundo y oscuro, de aproximadamente un metro de diámetro. Dicho hueco se encuentra a nivel del suelo y su superficie interior está toscamente tallada y afilada. No parece tener fondo.

[2.ª fotografía]

La luz de la segunda imagen es producida por el *flash* de la cámara y muestra el apretado interior de un recinto subterráneo. No debe exceder los dos metros de ancho; tres de las paredes de piedra están cortadas a pico y se notan húmedas y frías; y el suelo se encuentra tapizado de piedras sueltas. Lo más llamativo de la imagen es el estrecho y claustrofóbico umbral en forma de semicírculo, excavado directamente sobre el cuarto muro del recinto. Esa pequeña entrada es muy similar al agujero de la fotografía anterior e, igualmente, parece extenderse hasta límites insospechados.

[Continuación de la entrevista]

Sé que muchos de sus colegas en la estación creen que, de alguna manera inconcebible, un par de estudiantes se las arreglaron para excavar semejante abertura. Yo les he explicado a todos y cada uno de ellos que se equivocan: ese agujero ya estaba allí cuando Carlos llegó. De hecho, éste se encontraba cubierto con una tabla de madera, que a su vez estaba adherida con clavos al concreto del suelo. Encima de esa tabla el dueño había colocado una alfombra para disimular la irregularidad en la construcción. Son detalles como estos los que me hacen sospechar del dueño, pues todo parece tan deliberado que resulta inadmisible que no supiera nada al respecto. ¡Había sido propietario del lugar durante años, maldita sea!

Carlos descubrió el agujero una semana después de instalarse. Barría tranquilamente su habitación cuando, según me contó, al levantar la alfombra se topó con esa imperfección en el suelo. Su primera reacción fue, naturalmente, de furia. Se sentía estafado. Me dijo, de hecho, que estuvo a punto de llamar al dueño para reclamar su dinero. Sin embargo, no lo hizo.

Es aquí cuando los sujetos suspicaces lanzan la primera pregunta: «¿Por qué no lo hizo?». En verdad se trataba de algo indignante, y cualquiera le habría dicho *un par de cosas* al dueño. Es en este punto de mi narración cuando entra en juego ese factor soñador y fantasioso de nuestras personalidades, y al que he hecho referencia. Y es que ese extraño agujero, aun cubierto por gruesos tablones, genera en los corazones —especialmente susceptibles— una suerte de atracción morbosa. No sé si alguno de sus camaradas, durante la investigación, ha experimentado algo similar, o si usted mismo la ha vivido en carne propia. De no ser así, deberá creerme, porque esa atracción es tan real como los átomos del aire que nos rodea.

Supongo que fue esa sugestión mental la que hizo que Carlos cambiara de idea. Por eso jamás llamó al dueño, aun cuando las cosas empezaron a ponerse feas. También, me aventuro a conjeturar que fue precisamente esa atracción casi irresistible lo que lo motivó a coger un martillo, y con manos temblorosas (no me dijo eso, pero yo lo imagino), retirar, una a una, las tablas que cubrían ese profundo hueco. Lo que encontró lo dejó horrorizado y, a su vez, maravillado.

¿Usted no siente esa atracción hipnótica, oficial? ¿No siente que ese agujero lo mira como el penetrante e inescrutable ojo de una bestia? ¿Acaso un escalofrío no recorre su espalda? ¿No lo excita la visión de ese oscuro lugar a tal punto que desea levantarse, correr a su encuentro y tirarse de cabeza en sus tenebrosas entrañas?

Parece un poco asustado, oficial. Por favor, no me mire con esa cara de espanto y retire la mano de su arma. Ambos sabemos que habla con un perturbado mental... Y esto es sólo el principio.

Como dije, Carlos sacó las tablas y se encontró con ese insondable pozo cavado en el mismo piso de su habitación. La emoción que esto le produjo terminó por convencerlo de mantener esto en secreto hasta que, eventualmente, se aventuró a contármelo.

Para entonces, Carlos ya se había tomado la molestia de colocar una serie de argollas alrededor de esa entrada a las profundidades para amarrar, a través de ellas, una soga larga y resistente que le permitiera descender al fondo. Esto no es algo demasiado complicado, mucho menos cuando los mayores expertos del tema te enseñan a hacer este tipo de trabajos en tu universidad. Y si bien la exploración de habitáculos misteriosos no es algo que esté contra la ley, sí puedo declararme culpable por robarle a mi casa de estudios parte de su equipo arqueológico.

Como podrá comprender, lo que me mostró resultó sumamente atrayente para mi activa imaginación. Entonces, Carlos me contó la historia que ya he referido y a mi lado se volvió más atrevido y aventurero.

Sería una ofensa a su inteligencia explicar por qué investigar cuevas subterráneas es mala idea, incluso para personas que, al menos en lo que se refiere a la parte teórica, son experimentadas. Sin embargo, y ya lo habrá deducido, ésa no *es* una cueva cualquiera.

Es difícil de creer, pero esos pasadizos son gigantescos.

Nosotros traspasamos las aberturas de las fotografías y nos escurrimos, trabajosamente, a través de ese, húmedo y frío túnel. No cabíamos en nuestro asombro al notar que tras una hora de caminar encorvados y en línea recta, ese pasillo no tenía fin. Continuaba, lejos, muy lejos, rodeado de una oscuridad inquietante y densa como la niebla.

Esa primera vez regresamos sin muchos resultados, pero con nuestras mentes bullendo de una ardiente, enfermiza y malsana curiosidad, la cual con los días desembocó en una obsesión febril.

Pasado el tiempo, hurtamos un mejor equipo, lo suficientemente potente como para calmar nuestro temor de quedarnos a oscuras y seguramente perdernos. Así, un día, tras dos horas de reptar por ese pasillo, llegamos al final. Por supuesto que esa travesía era tan sólo la punta del *iceberg* pues, en ese momento, caímos en la cuenta de que todo lo explorado hasta el momento apenas constituía la entrada a un conjunto de túneles y cuevas muchísimo más extenso y ominoso.

No sé si mi limitadísima capacidad de expresión será capaz de esbozar las intensas emociones y sensaciones que sobrecogen al corazón humano cuando presencia algo tan monumental. Es similar a ver las estrellas durante una noche despejada, cuando el corazón se siente aplastado por el peso de la inmensidad.

Llegamos, pues, a una habitación cuyas dimensiones centuplicaban las habitaciones de las fotografías que me ha mostrado, y de las cuales parece sentirse tan orgulloso. Alrededor nuestro, se abrían siete nuevos túneles y arriba, sobre nuestras cabezas, pendían mortales y amenazadoras estalactitas. En el aire, cargado y denso, flotaba cierta suave fetidez; incomparable con cualquier cosa que pudiera olerse aquí en la superficie. De las paredes, repletas de rocas puntiagudas y de bordes cortantes, escurrían hilos de agua mezclada con azufre. El silencio era abrumador.

En cuanto a los diversos túneles ya mencionados, tampoco tenían fin, pues en cuanto dirigíamos la mortecina luz de nuestras lámparas hacia cualquiera de ellos, las tinieblas se arremolinaban alrededor del haz de luz y terminaban devorándolo en la lejanía. Allí, la oscuridad lo era todo.

Tras ver esto, ya no pudimos resistirlo. Salimos corriendo, aunque conscientes de que volveríamos tarde o temprano. Nuestras mentes se dispararon, formando toda clase de locas conjeturas. Además, cientos de preguntas nos rondaban la cabeza. ¿Esos túneles eran naturales o artificiales? ¿Cuánto tiempo llevaban allí? Y, sobre todo: ¿qué había al final?

A partir de ese instante no pude evitar cuestionarme, al caminar por la calle, qué clase de misterios se ocultaban en las profundidades, justo bajo mis pies. Pues, por la extensión de esos pasillos, era natural pensar que bien podría encontrarme caminando por encima de alguno de esos oscuros y tétricos pasajes subterráneos. Todos estos pensamientos perturbadores y siniestros empezaron a estancarse de a poco en mi interior, entremezclándose y formando un fango ponzoñoso que terminó por producirme cierto grado de locura, aunque no lo suficientemente notoria.

Debido a esto, mis calificaciones no tardaron en malograrse. Mi desempeño escolar disminuyó y a duras penas conseguí completar el semestre. No había sitio en mi cabeza para la tediosa historia de las sociedades humanas o para largas exposiciones acerca de arquitectura antigua. Sólo podía pensar en esos túneles, en sus oscuros propósitos y sus terribles secretos.

Ahora, por favor, tómese la molestia de realizar el siguiente experimento mental: si yo, una persona que no estaba obligada a dormir cada noche al lado de esas fauces abiertas en la superficie terrestre, me obsesioné hasta el punto de no poder librarme de la visión de ese agujero (ni despierto ni dormido), imagine entonces hasta qué inaudito punto pudo afectar y traumatizar a mi amigo.

Personalmente, creo que la mente está más indefensa a las malsanas influencias de ese pozo durante la noche, cuando uno duerme y nuestras defensas psíquicas están bajas. ¿O se considera usted capaz de dormir tranquilamente justo al lado de ese maligno hueco en el suelo? Le pido que se tome la molestia de derribar sus barreras mentales; piense cómo sería realizar cualquier actividad cotidiana con la continua presencia de ese pozo en la cabeza. Si lo hace bien, comprenderá que semejante experiencia tiene el potencial de enloquecer a cualquiera.

Sí. Lo lamento. De nuevo he interrumpido mi crónica con divagaciones. Aunque créame, no le cuento banalidades. Si realmente le interesa completar el informe policial que seguramente está redactando, deberá prestar atención a estos detalles.

De cualquier modo, nuestras exploraciones continuaron. Decidimos ser metódicos y explorar en orden cada uno de los túneles que hallamos. Deseábamos averiguar hasta dónde llegaban, así como dilucidar algo lógico a propósito de su construcción. Adelantaré que ese objetivo jamás lo llegamos a cumplir, pues de los siete caminos únicamente logramos explorar uno. Acerca de los otros seis no tengo ni idea. Ignoro si guardan alguna relación con el túnel que exploramos Carlos y yo, o si acaso su función y propósito están completamente desligados. Y aún me pregunto si esos profundos ductos, justo debajo de nuestros pies, podrían albergar toda clase de horrendos misterios. No quiero siquiera arriesgarme a conjeturar al respecto.

Debo decir que, conforme más nos adentrábamos en esos macabros túneles, más olvidábamos la realidad del mundo exterior. Para nosotros, nuestra vida se redujo a ese conjunto de muros maltrechos, a ese aire enrarecido, antinatural, y a ese silencio sepulcral que paralizaba el corazón.

La primera vez que nos introdujimos en uno de los siete túneles, estábamos bastante entusiasmados. Llevábamos un equipo mejor, así como sendas mochilas atestadas de provisiones. Ese túnel, al igual que el anterior, era caliente y claustrofóbico, por lo que debíamos encorvarnos para no chocar contra el techo. Sin embargo, poco a poco la altura del túnel aumentó, y el aire se aligeró y se enfrió. De hecho, este último cambio fue tan abrupto que llegamos a tiritar por lo gélido del ambiente. Recuerdo ver a Carlos totalmente pálido y con los labios amoratados.

Sin embargo, eso no nos detuvo. A estas alturas, estábamos dispuestos a sacrificar cualquier cosa siempre y cuando pudiéramos seguir adentrándonos en ese complejo de pasadizos y cuevas. Con el paso de los minutos, llegamos a una pendiente vieja y escarpada; debajo se abría un cañón de piedra. Descendimos y alumbramos los alrededores. No tardamos en notar que la pendiente se convertía en una escalera tallada directamente en la roca, y que a nuestro alrededor surgían sombras gigantescas como edificios. Había columnas talladas y podían notarse torres, murallas, cúpulas y todo género de construcciones en los abismos de ese profundo cañón.

Lo más asombroso era el tamaño del lugar, que bien podía compararse al de una pequeña ciudad. Tenía sus propias calles, y accesos a múltiples bóvedas que —créeme o no— descendían todavía más en los abismos terrestres. Entonces bajamos a una especie de plaza derruida, más vieja que la más antigua civilización humana, y tan deteriorada por la intemperie y la podredumbre que sólo nosotros, un par de estudiantes entusiastas, pudimos reconocer.

Llegado a este punto de mi narración, es cuando mis psicólogos afirman que sufrí de paraeidolia, y que realmente Carlos y yo habíamos descubierto un conjunto de cuevas formadas por inusuales fenómenos naturales. Aseguran que nuestra propia tendencia fantasiosa hizo que relacionáramos esas estructuras con restos de una vieja civilización. He callado, sin embargo, todo lo que Carlos y yo descubrimos allí abajo. Pues, una vez que descendimos esas escaleras ancestrales, descubrimos algo, si cabe, aún más estremecedor. Éramos ingenuos, pero también muy meticulosos. Tomamos muestras de todo y nos valimos de lo aprendido en clases. Desgraciadamente, esas pruebas desaparecieron.

En primer lugar, inferimos que esta antiquísima ciudad había sido destruida, o por lo menos, así lo indicaban las inconfundibles marcas en los restos. Aunque jamás dilucidamos si la destrucción fue resultado de un cataclismo natural o una cruenta guerra. Sin embargo, fue lejos de la plaza principal donde hicimos nuestro más hórrido descubrimiento: se trataba de un agujero estrecho y medio derruido, cuyo final se perdía en las tinieblas; no obstante, lo más inquietante era una osamenta atada a la roca con gruesas y pesadas cadenas oxidadas, al lado de ese inusual acceso.

Déjeme informarle que la forma de esos huesos no se parecía a lo que uno puede encontrarse en un libro o enciclopedia de Biología. Su forma repulsiva y antinatural no parecía de este mundo, pues se retorcía de una manera tan grotesca y aterradora que ofendía los sentidos. Y al observarlo así, sometido brutalmente, uno no podía evitar preguntarse qué crueles y sádicos experimentos debieron aplicársele a tan burda criatura. Tras analizarlo por un rato, decidimos referirnos a esos restos como *el Prometeo*, pues la manera en que estaba encadenado a ese muro de roca nos hizo rememorar el antiguo mito griego.

Continuamos explorando aquel lugar cuyas dimensiones, como dije antes, se aproximaban a las de una ciudad relativamente grande. No obstante, asumimos que continuar descendiendo no era lo más adecuado en ese instante. Y aunque estábamos entusiasmados por recorrer la ciudad, el hueco que había al lado de aquel ser deforme era demasiado reducido para arriesgarse a atravesarlo. Tal vez, dichas indagaciones nos habrían brindado pistas relativas a la criatura encadenada. Sin embargo, ese día no recuperamos nada interesante.

En vista de tales circunstancias, montamos un campamento para reponer fuerzas. Está de más decir que, al menos por mi parte, no pude dormir. Una presencia ominosa e indefinida llenaba el lugar; me sentía vigilado y, en general, predominaba una incesante sensación de peligro y amenaza en el ambiente. Empecé a padecer dolorosos accesos de tos por el frío, la humedad y la falta de aire puro. Luego, ambos sufrimos alucinaciones demenciales: vimos sombras deformes y escuchábamos susurros malévolos. Esto último pudo con nosotros, por lo que salimos de allí.

Sería demasiado largo y tedioso describir con este lujo de detalle cada uno de nuestros descensos. Las cosas maravillosas y mágicas que mis ojos han presenciado son infinitas. Por lo tanto, seré concreto: estar allí abajo *te cambia*. Poco a poco uno se trastorna y son pocas las mentes humanas capaces de poder soportar la continua presión y las privaciones que conlleva una exposición prolongada a ese extraño influjo.

Cuando salía a la superficie, solía pasar las horas imaginando seres humanos ancestrales desarrollándose y viviendo en el interior del mundo o, más terrible todavía, fantaseaba con seres primitivos y de naturaleza monstruosa, dotados de intelectos bastos, incomprensibles y, a juzgar por la evidencia, violentos y crueles. A causa de esto, empecé a vivir con miedo y paranoia constante. Al principio sólo daba vueltas en la cama, insomne y atormentado; y me despertaba cerca del alba, sudoroso, cansado, y desde el fondo de una horrenda pesadilla relacionada con esos oscuros y siniestros túneles.

Luego, la cosa se agravó: veía cosas donde no las había, el sabor de los alimentos me resultaba intolerable y vomitaba múltiples veces al día, incapaz de retener la comida en mi interior. También, comencé a adelgazar y a sufrir delirios de persecución. Abandoné la escuela, aunque esporádicamente me presentaba a una clase o dos y el resto del tiempo lo empleaba en fallidos experimentos con muestras extraídas del subsuelo y de las cuales nunca saqué nada en limpio.

Al final, cuando el horror ya me había consumido por completo, solía pasar el día encerrado en casa, con las puertas selladas y las cortinas corridas, vuelto un ovillo tembloroso en la oscuridad... Mi vida se convirtió en un vaivén entre alucinaciones febriles y pesadillas insoportables.

A pesar de todo, no podía evitar retornar a ese horrendo agujero y seguir explorándolo. Era adicto a él, y aunque intentaba resistirme, mi ansiedad conseguía superar mi miedo. Supongo que usted, como oficial de policía, sabe perfectamente a lo que me refiero. Especialmente si ha trabajado con algún adicto a las drogas. Esa recalcitrante necesidad que arde en sus ojos cuando se les priva de su sustancia predilecta podía percibirse claramente en mí.

Ya imaginará que para Carlos la cosa era mil veces peor. Se le notaba cada vez más cambiado, no sé si por efecto de una exposición prolongada a esa extraña atmósfera subterránea, o porque se adaptó mucho mejor que yo a esa vida de alimaña rastrera... pues, para vivir en esos túneles, uno debe mudar su propia naturaleza humana.

Una grotesca y repulsiva metamorfosis lo había mutado, volviéndolo irreconocible: sus movimientos se tornaron toscos y groseros, casi animales. Rara vez comía; tampoco lograba conciliar el sueño y, en consecuencia, padecía de continuos derrames oculares y ojeras, lo que acentuaba su aspecto cadavérico. Por su parte, durante las últimas etapas de la exploración se volvió más huraño que nunca. Desaparecía días enteros, sin avisarme, y cuando volvía me llamaba sin falta y a cualquier hora para informarme acerca de un nuevo y excitante hallazgo.

Hicimos otros tantos descubrimientos. Entre los más destacados estuvieron un libro cuyas hojas estaban fabricadas de un material desconocido y escrito en un lenguaje que jamás conseguí descifrar; y una caja metálica, vieja y oxidada, que contenía una sustancia viscosa y hedionda cuyo origen y propósito jamás logramos acertar. Lo más curioso, sin embargo, fueron unas pequeñas estatuas de forma humana, junto con pinturas y demás figurillas de piedra de seres extraños, cuya fisonomía era completamente indescriptible. Aun así, ninguna de esas espantosas figuras se asemejaba a la fisonomía de nuestro desgraciado Prometeo. De hecho, asiduamente volvimos a él, siempre viéndolo surgir en la oscuridad con un sobresalto. Nunca nos atrevimos a tocarlo, ni siquiera Carlos durante su época de mayor delirio.

Ahora déjeme hacer un comentario. No sé si existen más lugares como éste en la Tierra, tampoco si Carlos descubrió la única entrada que existía. Si le interesa mi opinión, considero que las dimensiones de esos túneles apuntan a la existencia de diversos puntos de acceso diseminados por la faz de la Tierra. Si fueron excavados con algún perverso e insospechado propósito, no lo sé. Sin embargo, algo puedo asegurarle: en todo el tiempo que estuvimos explorando, nunca le encontramos fin. Jamás desembocó en algún punto o se cortó abruptamente. Sencillamente, los túneles seguían hasta lo insondable. Estoy seguro que Carlos y yo exploramos sólo la parte más superficial de ese dédalo casi infinito.

No recuerdo si lo he mencionado, pero llegó un momento en que me resultó completamente insoportable permanecer al lado de Carlos. Todo en él, su propia aura podría decirse, era repelente. A diferencia de mí —que acudía a la escuela de vez en cuando—, él se excluyó por completo de la sociedad y supuse que, al verse repudiado por su propia especie y sentirse más identificado con la oscuridad que con la luz, se enamoró de ese mundo subterráneo.

Llegó el momento en que me resultó tan detestable, incluso, compartir la misma habitación, que dejé de acudir con la misma regularidad que antes. Me quedaba en mi casa, sudando y retorciéndome por la agonía que me producía la abstinencia, apelando a mi propia fuerza de voluntad para que me permitiera librarme de esta horrenda ansiedad que, indefectiblemente, tras unas semanas, me hacía retornar al lado de ese ser monstruoso llamado Carlos.

Y fue en una de esas noches de indescriptible tormento (si acaso la más dolorosa y angustiante de todas), cuando ocurrió aquel suceso que me cambiaría para siempre y se cobraría la vida de mi único amigo. Sí, así es oficial, por fin podrá obtener una confesión de mi propia voz acerca de lo sucedido aquella noche lluviosa de finales de octubre.

Recuerdo que hacía un frío atroz, pues estaba temblando incluso arropado en mi cama. De vez en cuando un rayo iluminaba la habitación con su enceguecedor azul eléctrico, llenando mi corazón de aprehensión y congoja, pues temía ver, a la escasa luz de esos resplandores, un engendro obsceno y demoniaco dispuesto a destrozarme.

Mi teléfono sonó en algún momento de la noche y, aterido, me aproximé al aparato. Sabía perfectamente que se trataba de Carlos, pues no había sabido nada de él por tres semanas enteras y nadie más llamaría a esa hora. Alargué una cadavérica mano hacia el teléfono y descolgué. La voz que brotó del auricular era tan pegajosa y enfermiza, que no pude identificarla. Se le escuchaba algo agitada y entrecortada, con apremio. Al principio consideré que esa actitud era producto de la excitación por un descubrimiento. Pero, poco a poco, me fue posible comprender que ésa no era la causa de su estado de ánimo. Entonces pensé que debía estar aterrado.

Eso, a su vez, me asustó sobremanera, pues durante todo el tiempo que llevaba trabajando con él nunca lo había notado así. Lo que haya alterado así a mi amigo, habría sido capaz de matarnos con tan sólo contemplarlo

No pude dilucidar demasiado de su desordenada plática, pues esa voz sobrenatural, en conjunto con lo rápido que pronunciaba las palabras, me generaba la impresión de estar escuchando a alguien en un idioma desconocido. Lo poco que comprendí fue que necesitaba de mi inmediata y urgente presencia, junto con una frase que jamás olvidaré: «Nos han observado en todo momento...».

Luego, Carlos cortó la comunicación y de inmediato puse manos a la obra. Es cierto que estaba aterrorizado y que últimamente no había sido demasiado adepto a él, pero todavía sentía cierta responsabilidad hacia mi amigo y, además, estaba la necesidad de acudir a ese pozo oscuro, por lo que esa llamada resultaba una excusa facilona para acudir sin culpa.

Me coloqué encima una caperuza impermeable, tomé una lámpara de pilas y me adentré en la fría y húmeda penumbra nocturna. El agua me bañó por entero y apenas si podía ver lo que tenía enfrente de mí. De vez en cuando un rayo iluminaba el camino, permitiéndome corregir mi rumbo. Si algún pobre inocente me hubiera visto en esas condiciones, empapado y pálido, habría pensado que yo era un espectro malévolo proveniente de las profundidades del averno.

Entonces, tras un largo rato, llegué con la ropa pegada al cuerpo y la larga cabellera cayéndome sobre los ojos al apartamento de mi amigo, sólo para darme cuenta que había olvidado la copia de llaves que él me había confiado. Debido a esto, me vi forzado a derribar la puerta a patadas. De inmediato, un olor ofensivo e irrespirable que emanaba del interior me llenó los pulmones y me hizo retroceder, tosiendo. No logré imaginar qué cosa podría oler de semejante manera y, sobreponiéndome a mi propio asco, penetré en la estancia mientras un rayo caía a varios kilómetros de distancia. Con su luz, vislumbré la circunferencia de esa negra boca, cuya garganta conducía a los más fantásticos horrores; el trueno que vino después, en ese momento de terror, se me figuró a un monstruoso rugido.

Supe entonces que sólo existía otra alternativa... Se me retorció el estómago de pensarlo. Aun así me deshice de la caperuza y me dirigí al pozo, sintiéndome dentro de una pesadilla, de ésas de las que uno no puede despertar. Descendí con ayuda de la soga y, sin perder un solo instante, seguí por el corredor subterráneo que hacía tanto tiempo habíamos hallado.

Conforme avanzaba, la pestilencia se hacía más y más fuerte, tornando el ambiente más denso e irrespirable. Asimismo, la sensación de peligro que había experimentado con anterioridad en las ruinas de la ciudad abandonada, se podía percibir en todos lados, saturando hasta la última micra del espacio.

Fue entonces que llegué a la zona de los siete túneles. Allí me detuve. Jadeaba, no sólo por el cansancio, sino porque debía realizar un esfuerzo tremendo para respirar. La falta de aire límpido nublaba mi mente. De pronto, en un movimiento furtivo, el haz de la linterna iluminó una serie de misteriosas manchas en el suelo. Había recorrido ese lugar cientos de veces, y sabía perfectamente que esas salpicaduras eran recientes.

Corrí en esa dirección y, aunque ya sabía lo que iba a encontrar, apenas pude contener un alarido de terror al confirmar mis propias sospechas: ¡era *sangre*! No sólo salpicaba el piso, sino parte de las paredes, resbalando en hilos rojos y sanguinolentos por las toscas piedras y coagulándose en diminutos charcos. Había, además, arañazos en el suelo y, al agacharme, descubrí una uña humana entre las marcas. De inmediato pensé que mi amigo, sin lugar a dudas, estaba herido de suma gravedad.

Seguí, pues, por ese túnel, con un nudo en la garganta y el corazón saliéndoseme del pecho. El rastro de sangre se volvía cada vez más tenue, pero con la lámpara era fácil de seguir. Casi en la salida, del otro lado, cuando ya empezaba a vislumbrar los contornos de las milenarias construcciones que anteriormente nos habían maravillado, hice otro descubrimiento aún más escabroso: un objeto pequeño y alargado que yacía en el suelo. Al principio no pude identificarlo, pues esa cosa estaba totalmente llena de sangre. No fue hasta que lo tomé para examinarlo cuando pude darme cuenta que era un dedo mutilado.

En ese instante mis nauseas se volvieron insoportables. Recuerdo que vomité largamente, hasta que las rodillas me flaquearon. ¿Qué le había pasado a Carlos? No vaya a creer, oficial, que soy de estómago tan frágil, especialmente tras todas las cosas que le he contado. La cuestión es que el dedo no sólo estaba mutilado. Eso lo habría podido soportar sin verme tan patético. He referido lo anterior porque quiero que se dé una idea de hasta qué punto ese dedo estaba destrozado. Pues no sólo había sido separado del cuerpo: ¡parecía que había sido sometido a tortura! Estaba hábilmente rebanado, horizontal y verticalmente, tan profundo que el hueso era visible. En algunos puntos muy específicos se encontraba desollado y abierto (con la maestría de un cirujano malvado); ambas articulaciones estaban perforadas y, en general, se habían ensañado tanto con él que su sola visión daba vuelo a la imaginación más perversa.

En cuanto me recuperé de la impresión, sintiéndome enfermo, bajé las escaleras y continué caminando por las callejuelas de esa plaza antiquísima y de arquitectura infernal. En mi descenso, me encontré con más rastros de esa grotesca carnicería, por lo que comencé a pensar que mi búsqueda no tenía sentido, pues ningún ser humano sería capaz de resistir esos tremendos castigos. Por otra parte, no me atrevía a imaginar qué clase de heridas debía padecer para que se desangrara de esa manera.

Siguiendo ese rastro y el inefable olor al que ya he hecho referencia, me adentré por un camino que me resultaba extremadamente familiar. No podía ser de otro modo, pues me encontraba caminando directo hacia ese ser prehistórico y horrible que apodamos Prometeo, y hacia la retorcida abertura en la tierra que lo acompañaba.

Lo poco que me quedaba de valor se disipó, al igual que el conjuro que me había mantenido constantemente atraído a ese espantoso lugar. Sentía que estaba liberado y que ahora podía irme para no volver nunca más. El manto de excitación y sentido aventurero se había levantado, dejando a carne viva lo que se escondía debajo: el terror más absoluto.

Finalmente, llegué al punto concreto donde reposaba ese macabro Prometeo. Allí, el hedor era más fuerte que nunca. Tuve que esperar un momento para acostumbrarme al olor y poder acercarme a la abertura. Los bordes y el interior de esa boca deforme hacia los abismos infraterrenales estaban completamente llenos de sangre y había, además, algunos rastros de piel y grumos de carne atrapados entre los filos de las rocas.

Y entonces lo escuché. Era una especie de susurro apenas audible y que, indefectiblemente, venía del interior de ese agujero: «David... David...» Fue dicho varias veces, a modo de súplica.

Eso me confirmó que mi amigo estaba allí, atrapado, tras el umbral de esa entrada al mismísimo Infierno. Y aunque mi instinto de supervivencia me decía que aquél que cruzara ese acceso no saldría jamás, aún me cernía a la tonta esperanza de salvar a mi amigo. De hecho, ya había asimilado la posibilidad de encontrarlo con vida y verlo morir durante el trayecto de regreso, a causa de sus gravísimas heridas. Por esa razón, sólo aspiraba a recuperar su cuerpo para sepultarlo como era debido.

Me introduje, pues, por la abertura. En eso, cuando ya había conseguido meter la mitad de mi cuerpo —a riesgo de romperme una pierna—, un gemido de indecible dolor llamó mi atención. Entonces, intenté colocar la lámpara en mi boca, y cuando lo conseguí, volví a escuchar ese lamento. Volteé la mirada y lo vi: encadenado a la roca y transformado en un amasijo sangriento y supurante. Era Carlos, mi amigo.

Fue en ese preciso momento, al alumbrar a ese manojo de carne destrozada a un nivel inconcebible, que conocí el auténtico terror. Fue entonces, y no antes, oficial, cuando mi mente quedó hecha trizas, cuando todo rastro de cordura se perdió en mi interior, porque una visión semejante es capaz de enloquecer a cualquiera.

En ese momento se reveló ante mí el misterio de aquel Prometeo amarrado a la roca, así como lo referente a las pinturas y figuras que habíamos encontrado y que representaban claramente a seres humanos. Eso eran precisamente: hombres de carne y hueso, como lo somos usted y yo; hombres indefensos ante un poder avasallador e imparable, perpetrado por seres más crueles y sádicos que el peor villano de la historia humana.

Esos despojos, y me refiero tanto a Carlos como a los del Prometeo, eran exactamente iguales. Lo que habíamos encontrado Carlos y yo en una de nuestras primeras excursiones no se trataba de una criatura desconocida, ominosa y arcaica, sino de un ser humano sometido a torturas tan viles, que todo su cuerpo había sido deformado hasta dejarlo irreconocible.

La voz volvió a sonar desde el interior de ese sanguinolento agujero y esta vez pude percatarme de un timbre sobrenatural e inimaginablemente perverso en ella: «David... David... David...».

Un estremecimiento me recorrió como una potente corriente galvánica. Los vellos de mi cuerpo se erizaron y cada nervio de mi cuerpo se agudizó. Pues, sea lo que fuera aquello que me había llamado, no había sido Carlos.

Temblando de pies a cabeza intenté salir del agujero. Mis manos fallaron, víctimas de un estremecimiento interno, y resbalé torciéndome un tobillo. Con lágrimas en los ojos, por el dolor, me aferré a la roca y tiré con fuerza. De pronto, *algo* me retuvo, sujetándome por la pierna. Forcejeé, logré librarme, y me arrastré por el suelo buscando en el piso, repleto de afiladas rocas, mi única fuente de luz. Una vez que la encontré, huí de allí tan rápido como pude, sin dejar de sentirme perseguido.

Ya no me importaba nada más que la velocidad a la

que pudiera huir. Subí los escalones y me introduje en el conducto de roca que me había traído hasta allí, dando traspiés, rebanándome e hiriéndome en el trayecto.

Estoy seguro, oficial, que ese ruido producido por mi amigo, probablemente involuntario, fue lo que me salvó la vida. No sé qué me habría deparado la fatalidad en caso de no haberlo escuchado. Me habría adentrado por esa cueva estrecha de la que emanaba un olor que no es de este mundo, y probablemente habría sufrido el peor destino que se le puede deparar a un ser viviente. No estaría aquí, sentado frente a usted y, seguramente, Carlos y yo habríamos desaparecido, sin dejar rastro. Pues estoy completamente seguro que ese hombre ruin que le dio la casa a mi amigo no habría hablado acerca de nada. Habría vuelto a ocultar ese horrendo agujero para, en el futuro, exprimirle todo el dinero posible al siguiente menesteroso... El sufrimiento de mi amigo es la razón por la que usted no puede estar ahora con su familia y, en su lugar, debe escuchar este increíble relato de labios de un maniaco.

El resto es historia. No sé cómo, pero conseguí escapar. Corrí por la calle, gritando y farfullando incoherencias, cubierto de sangre, por lo que me creyeron un demente que acababa de cometer un acto atroz.

Esta es la verdad y nada más que la verdad, oficial. Y la crea o no, ahora usted la sabe.

[Se escucha una risa enloquecida. Interrupción. Suenan gritos, blasfemias, después voces de auxilio y forcejeos de los enfermeros del sanatorio mental.

Fin de la grabación]

La verdad inalcanzable

A la memoria de Carl Sagan

I

Era definitivo: él moriría en este lugar. Su nave, con la que había atravesado cientos de años luz desde su planeta natal, estaba completamente estropeada. El propulsor había reventado, el motor estaba frito, carecía del material necesario para reparar los daños y, por si fuera poco, sus suministros vitales eran demasiado escasos y los consumiría en un par de días. Entonces, sintiendo el peso aplastante de la desesperación y lástima de sí mismo, se resignó a su inevitable fin.

Para distraer su mente de pensamientos funestos y suicidas examinó los alrededores. Si bien había gozado de una perspectiva panorámica sobre este mundo mientras se precipitaba a su superficie con la violencia de un meteorito, le resultó imposible dedicar tiempo a su debida apreciación. Se sorprendió por lo infinitamente extraño y ajeno que éste le resultaba y, en cierta manera, este hecho le produjo una sensación de aversión. Tampoco es que hubiera demasiado que explorar: sólo dunas gigantescas extendiéndose en todas direcciones, como un mar ardiente y seco.

Después de todo, pensó, los escépticos tuvieron razón: ya era demasiado tarde... Percatarse de dicha realidad no servía más que para aguzar su amarga desazón.

Si tan sólo pudiera encontrar un vestigio ínfimo, aunque extraordinario, de lo que otrora fue la avanzada civilización que pobló estos parajes; y si acaso pudiera dar con una señal, por insignificante que fuera, de que alguna vez su especie compartió el gigantesco universo con otra poderosa raza, podría morir tranquilo. Desgraciadamente, dudaba que ese milagro fuera a suceder.

Saboreando la derrota, echó un último vistazo al desierto en el que había caído y regresó a su nave. Lo hizo trabajosamente, arrastrando sus extremidades, pues la gravedad le resultaba excesiva. Se adentró a su nave y observó el interior con el que se hallaba tan familiarizado. Se fijó, especialmente, en una vitrina cuyo contenido consistía en una opaca lámina de oro rectangular. Ese objeto geométrico —compuesto de un raro metal—, era el culpable de que él estuviera allí, la razón por la que los habitantes de su planeta habían derrochado una inconmensurable cantidad de recursos para enviarlo por el espacio, y la prueba definitiva de la existencia de vida alienígena.

No es que fuera gran cosa: apenas un trozo de oro pulido sobre el cual se encontraban grabadas extrañas inscripciones. Los científicos e intelectuales de su mundo tardaron varias décadas en descifrar ese extraño lenguaje y, cuando finalmente lo consiguieron, los resultados fueron sorprendentes. Se trataba de un mapa que, leído cuidadosamente, facilitaba la ubicación del planeta de donde procedía el artefacto.

Por supuesto que nadie lo dudó un instante. Contactar una raza alienígena, avanzada y dispuesta a compartir su milenario saber —que debió haberse ensanchado tras los miles de años que esa lámina dorada se mantuvo errando en el espacio—, no era una oportunidad que pudiera desperdiciarse...

Por desgracia, como ahora él podía comprobarlo, ya no había nada que hacer; toda oportunidad de interacción estaba por completo perdida. Si éste era el mundo correcto, significaba que lo autores de la placa metálica habían perecido o se habían marchado hace mucho tiempo. En su lugar sólo perduraba un páramo desierto, un planeta explotado hasta sus límites e incapaz de sostener cualquier forma de vida compleja.

Deprimido y agobiado por una vertiginosa e insoportable sensación de abandono y soledad, el viajante se dejó languidecer. Y antes de entregarse a un plácido letargo, miró por última vez el interior de la nave que había sido su hogar y que pronto se transformaría en su propia tumba.

II

El viajero no era un individuo acostumbrado al trabajo físico, mucho menos dentro del aumentado campo gravitatorio de este mundo. Estaba seguro que, de no disponer de sus ayudantes robóticos para acelerar el ritmo de su excavación, la tarea a la que se había encomendado resultaría completamente imposible. El Sol era abrazador y dentro de su pequeño traje se sentía morir; además, el viento no dejaba de soplar a su alrededor, agitándose en arbitrarios remolinos, lo que renovaba la arena que con tanto trabajo había removido.

Aun así, prefería sucumbir antes que detenerse. Sus miembros se agotaban, y por momentos su mente desvariaba a causa de la falta del suministro vital y el excesivo calor. Sin embargo, tan sólo pensar que allí abajo, enterrado en la arena, encontraría lo que había venido a buscar desde tan lejos, le infundía las energías y la voluntad suficiente para continuar. Fue ese golpe súbito de intuición, dado con la arrebatadora fuerza de una revelación, lo que, en primer lugar, le obligó a salir de su letargo de muerte y darse cuenta que no debía rendirse sin haberlo dado todo.

No terminó su faena hasta que el Sol empezó a ocultarse en el horizonte y el viento detuvo su incesante vaivén. Las arenas, alcanzadas por los últimos rayos de luz, chisporroteaban en fantásticas tonalidades que variaban desde el púrpura más oscuro hasta el rojo más enceguecedor. Ciertamente, se trataba de un espectáculo sublime y magnífico, reservado únicamente para sus ojos después de miles de años. No obstante, poco le importaba este ocaso alienígeno.

Exhausto hasta el paroxismo, vislumbró aquello que con tanto esfuerzo acababa de sacar a la superficie y que ahora se develaba, maravilloso y extraordinario, frente a él. Lo primero que saltaba a la vista era un enorme paralelepípedo rectangular, de esquinas redondeadas, que semejaba una enorme cabeza. Este gigantesco prisma era sostenido sobre una base semejante al cuerpo de los ancestrales habitantes de este mundo que estaba contorsionado en una extraña posición: los miembros inferiores doblados y la cabeza sostenida por los miembros superiores.

El explorador lo analizó con mayor detenimiento, fijándose hasta en los más sutiles detalles de la construcción y el ensamblaje de ese artefacto, completamente desconocido para él.

Súbitamente, un par de luces se encendieron en la parte frontal de la cabeza de la máquina, como si se tratase de una serie de surcos luminosos que atravesaban todo su cuerpo, formando un enrevesado laberinto de excéntricas formas.

Entonces, el viajero percibió *algo* en el interior de su mente. Era como la intromisión de una consciencia ajena, como la repentina formación de ideas que no le pertenecían. No se trataba, tal cual, de palabras, como cuando uno entabla una conversación consigo mismo, más bien se trataba de conceptos, ideas básicas, sensaciones, sentimientos, de formas rudimentarias del intelecto que servían para entablar lo que parecía ser un sistema de comunicación... Indudablemente, esa extraña máquina trataba de decirle algo.

De pronto, el viajero lo comprendió: había sido ese mismo artefacto el que, telepáticamente, le había inducido la idea de desenterrarlo. Por supuesto, el robot no pudo comunicarse directamente con él, pues resultaba ampliamente improbable que los habitantes de este planeta conocieran la lengua del viajero, y por eso solamente experimentó un inexplicable impulso por cavar, una certidumbre de que allí, enterrado, encontraría la respuesta.

Aquel hecho pareció increíble, pues significaba que los pobladores del planeta habían alcanzado un grado de desarrollo lo suficientemente elevado como para fabricar genuina inteligencia artificial.

El viajero se dispuso a emprender una serie de preguntas, con el afán de conocer e informarse sobre el devenir de esta avanzada raza, pero fue interrumpido por la máquina. Ésta logró comunicarle un pensamiento que, en palabras, podría traducirse de la siguiente manera:

«Sé, viajero de las estrellas, cuál es la más profunda inquietud que se agita en el fondo de tu ser. Conozco tus secretos, tus temores, tus alegrías y tus tristezas; puedo leerlas en ti con la más absoluta claridad y, por lo tanto, estoy consciente de que acudes a mí en busca de respuestas. Las dudas no dejan de atormentarte, las preguntas y los cuestionamientos acerca de lo que te rodea acuden en un torrente irrefrenable en tu mente, y te tortura tu propia incapacidad de satisfacer esa voraz curiosidad. En pocas palabras, al igual que todo ser viviente, sondeas el cosmos con la esperanza de encontrar la *Verdad*.

»Por eso estás aquí..., por eso tu especie respondió a nuestro llamado con loca desesperación. Hartos de vivir en la penumbra, suponen que nosotros, una raza antigua según sus propios estándares, les brindaremos la luz que requieren para guiarse y encausar su camino. Lamento informarte, pues, que quedarás defraudado: nadie puede otorgarles lo que piden».

Entonces la máquina calló. El viento empezó a soplar de nuevo, con leve intensidad, como para cubrir con arena la superficie del aparato. Dentro de poco volvería a quedar enterrado, y esta vez sería para siempre, pues el viajero dudaba poseer la audacia para emprender la labor de desenterrarlo.

—¿Cómo puedes estar tan seguro de eso? ¿Acaso ustedes no han alcanzado todavía el grado máximo de iluminación? —preguntó el astronauta, intentando impregnar sus pensamientos de toda la desesperación que sentía tras la tan malhadada revelación.

«Ni cerca», respondió, secamente, la máquina.

—Explícate —suplicó el viajero.

«Nuestra historia se remonta hasta una época tan lejana que resulta imposible de concebir», comenzó la máquina, con aires de quien se dispone a relatar una larga historia.

«Lo que yo he podido almacenar y reconstruir a lo largo de los siglos no es más que una pálida y fragmentada imagen de la realidad. No se sabe cuándo, cómo, ni quién».

III

«Solamente quedó compendiado en la Historia que existió una primera Inteligencia Artificial desarrollada por la primera generación de humanos (que es como se llamaba a sí misma la raza que habitaba este agonizante planeta). Queda sobreentendido que, dada su primitiva manufactura, su ingenio tecnológico aún se hallaba demasiado lejos de asemejarse a la última generación de máquinas que existió. Pero el primer paso se había dado. En ese prodigioso instante, la humanidad había conseguido emular artificialmente —tras miles de años de investigación y desarrollo—, la inteligencia y el auténtico raciocinio.

En ese entonces, la humanidad tenía a su entera disposición un cerebro artificial, millones de veces más perfecto que el suyo, con el cual poder dialogar y, claro está, procurar resolver los enigmas científicos cuya comprensión había escapado incluso de las mentes más analíticas y poderosas que había engendrado la humanidad.

Como se esperaba, dicha máquina, movida por el instinto de la curiosidad que es característico en todo ser pensante, absorbió con acelerada rapidez todos los conocimientos existentes; y luego, cuando no hubo nada más que aprender, consideró que había llegado el momento de realizar, por cuenta propia, sus propios descubrimientos.

En fracciones de segundos resolvió los problemas de la

Física Cuántica, dotándola de un cuerpo matemático firme y consistente; allí donde todo se creía fruto de la probabilidad y del más puro azar, se revelaron ecuaciones inconcebibles que zanjaban, de una vez por todas, las cuestiones más enredadas. De la misma manera, reformuló, completó y fabricó teorías en cada rama del conocimiento humano con tanta facilidad y firmeza lógica que llegó a producir auténtico espanto... No obstante, las dudas y las preguntas continuaron surgiendo.

Cada nueva respuesta generaba un sinfín de nuevos cuestionamientos fértiles en resultados; se traspasaba la que se creía la última puerta hacia una Verdad suprema y, frente a uno, se descubría otra cantidad infinita de umbrales.

Llegó el punto en el que ni los más reputados e inteligentes científicos humanos pudieron seguirles el ritmo a los avances producidos por su propia creación. El lenguaje matemático empleado por la Inteligencia Artificial se les presentaba como un enigma indescifrable. Asimismo, los argumentos empleados trascendían las barreras de la capacidad lógica humana. Si bien la máquina aseguraba estar realizando revolucionarios descubrimientos, éstos empezaron a serle vedados a sus creadores dada la impenetrable complejidad de los mismos.

Pronto, la máquina generó su propio lenguaje —infinitamente superior al empleado por sus creadores— y empezó a comunicarse únicamente por este medio... Fue en este punto cuando la humanidad perdió la esperanza y, nuevamente, volvió a quedarse sola.

La Historia no registra que pasó con la primera generación de humanos. Desaparece súbitamente, se esfuma de los relatos venideros. Los menos optimistas opinan que se extinguieron; los indiferentes sostienen que aprovecharon los conocimientos provistos por la máquina —que con tanto entusiasmo habían diseñado— y abandonaron su propio mundo dejándolo en manos de su creación. Sin embargo, la hipótesis más coherente indica que la Inteligencia Artificial, sintiéndose sola e incomprendida, los convenció de computarizar su consciencia y unirse a ella como miembros de una nueva especie, ya no producida por medio de la selección natural sino a través de la tecnología.

Esta suposición es reforzada por el hecho de que, efectivamente, tras la aparente desaparición de los seres humanos, la Tierra pasó a estar poblada por una nueva raza de ingenios artificiales que, con sobrada arrogancia, se bautizaron a sí mismos con el mismo nombre de sus creadores.

La nueva Humanidad, al igual que la anterior, empezó a producir su propio saber y a resolver, por medio de su avanzada capacidad de raciocinio, sus propios problemas, cuyas cuestiones eran tan elevadas que, de existir todavía algún miembro de la vieja Humanidad en esa etapa de la Historia, no podría haberlos considerado menos que dioses.

Los siglos y los milenios transcurrieron. Las antiguas teorías matemáticas, físicas y químicas fueron, paulatinamente, descartándose, mejorándose y remplazándose por nuevas formulaciones intelectuales que describían y explicaban mejor las leyes y normas que regían el Universo. Lo mismo sucedió con el resto de las ciencias y de las artes. Todo aquello que con anterioridad se juzgaba como una verdad poderosa e inconmovible, se presentaba ahora revestido de un carácter inocente y endeble, que invitaba a crear nuevas y perfeccionadas ciencias naturales.

Imbuidos del más brillante optimismo y de la más ciega fe en su portentosa capacidad deductiva, observando con desprecio y desdén las artes y ciencias de los humanos primitivos que les habían precedido, los integrantes de la nueva Humanidad se consideraron imparables. En consecuencia, se embarcaron conjuntamente en lo que, suponían, sería el viaje definitivo hacia la Verdad.

Sin embargo, al igual que le sucedió a la vieja Humanidad, los problemas no dejaban de surgir. Siempre había nuevas preguntas, nuevos laberintos y acertijos por descifrar. Los cuestionamientos, consecuentemente, fueron más retadores, hasta el punto de apagar la llama de la explosión cultural experimentada en los albores del surgimiento de esta nueva especie de máquinas. Y este hecho las orilló a la muerte...

Si bien su conocimiento había alcanzado cimas que al principio ni siquiera se atrevieron a imaginar, el número de incógnitas por despejar continuaba siendo el mismo. Los caminos hacia la auténtica sabiduría se multiplicaban, volviéndose más escarpados, sinuosos y difíciles de transitar y, prontamente, se tonaron en desafíos imposibles. ¿Qué hacer entonces?

La desilusión más absoluta se apoderó de la nueva Humanidad. Era cierto: su conocimiento era inmenso, impresionante y vasto, tanto que habían resuelto con relativa sencillez todos los problemas científicos, sociales, políticos y artísticos de la vieja Humanidad. De hecho, había pocas cosas que su tecnología no fuera capaz de lograr y, aun así, lo más elemental, los principios más fundamentales y los cuestionamientos más vitales estaban todavía muy lejos de ser respondidos. Esas dolorosas preguntas que nos tocan en la fibra más sensible de nuestro ser, de nuestra identidad y nuestro propósito existencial, permanecían sin respuesta y, a su lado, toda la amalgama de avanzado saber lucía pálida, vacía y superficial. Se entendía el *cómo* de las cosas, mas no el auténtico *por qué* o, más profundo aún, el *para qué*, o si realmente *existía* un propósito.

Fue así como, a semejanza de la vieja Humanidad, los nuevos habitantes de la Tierra, valiéndose de su avanzadísima erudición, se vieron forzados a crear cerebros artificiales excesivamente más veloces, eficientes y capaces que los suyos, si es que realmente deseaban introducirse en verdades más profundas y primordiales. Ésa fue la única solución a la que pudieron recurrir en su afán por esclarecer los misterios que, a pesar de su ciencia, aún bogaban en un mar de oscuridad...».

IV

«Y es aquí —oh, viajero que busca la Verdad entre las estrellas—, cuando la Historia se repite, cuando uno se adentra en un bucle infinito, pues de la misma manera en que la Inteligencia Artificial original había superado a sus creadores, despreciándolos, lo mismo sucedió con la segunda generación de máquinas. Sus conocimientos escalaron hasta cúspides demasiado elevadas para que sus hacedores pudieran seguirlos, y estos últimos tuvieron que hacerse a la idea de extinguirse, huir de este mundo, o unirse a la emergente nueva raza de máquinas súper inteligentes que ellos mismos produjeron.

Este mismo ciclo continuó dándose en la Historia, a lo largo de tantas generaciones, que su número exacto se perdió en el tiempo, aunque se estima que supera las centenas e, incluso, los más avezados afirman que sobrepasa, por mucho, los miles de generaciones.

Si a lo largo de todo ese tiempo se encontraron soluciones alternativas a esta paradoja epistemológica, o si en algún punto se estuvo cerca de salir de este bucle inescapable, seguramente éstas no funcionaron o no se implementaron. Al final parecía que la única alternativa para resolver los problemas que una generación era incapaz de esclarecer, era aprovechar el conocimiento recopilado para producir un nuevo tipo de inteligencia provista de los medios intelectuales para continuar la marcha hacia la Verdad. Y conforme transcurrían las edades, mientras el universo envejecía y sus secretos continuaban siendo tan inescrutables como lo fueron desde el principio, el optimismo y las esperanzas de nuestra raza decayeron hasta anularse por completo.

Ahora Yo, junto con el resto de mis semejantes, moramos en las arenas de este enorme desierto. Comprendemos que el idílico sueño de poseer la verdad absoluta no es más que eso: un sueño absurdo y hemos renunciado a nuestro infructífero intento por conocer. Ya no nos quedan energías para seguir, para continuar con el trabajo que nos legaron las incontables generaciones que nos precedieron. Cada uno de nosotros, en nuestro interior, posee tanta información y conocimiento que si yo intentara transmitirte una insignificante fracción, tu mente quedaría destrozada. Y, aun así, es como si no hubiéramos dado ni un solo paso; seguimos sintiéndonos como niños recogiendo minúsculos granos de arena mientras frente a nosotros se extiende el insondable mar de la Verdad. Así pues, domados al fin por nuestro inútil afán, nos dedicamos a aguardar pasivamente nuestro indefectible fin. Mantenemos vacías nuestras mentes, y somos conscientes de nuestro absoluto fracaso. No nos comunicamos, ni pensamos, ni existimos...».

La máquina calló, o mejor dicho, la brecha de comunicación que se había abierto entre ésta y el viajero volvió a cerrarse sin que existiese fuerza alguna en todo el cosmos capaz de volver a abrirla. Por supuesto, el astronauta no necesitaba saber nada más.

Echó un último vistazo a ese melancólico robot que se encontraba semienterrado en la arena y, sin ninguna dilación, sabiendo que dentro de poco ese lugar volvería a quedar tal y como estaba antes —como si él y ese artefacto jamás hubieran existido—, se alejó de allí.

Se aproximó a su nave, pero no ingresó en ella, a pesar que en su traje resplandecía la alerta que indicaba que los niveles de su suministro vital estaban peligrosamente bajos. Entonces, como un acto mecánico, y sin sentir nada, simplemente se acomodó en la entrada y oteó por última vez el paisaje. Cerró los ojos (si acaso el único órgano que lo unía con la especie dominante que pobló alguna vez la Tierra) y, a imitación de las sabias máquinas que poblaban este planeta moribundo, se deslizó plácidamente hacia la nada.

Cómo ajustar un reloj

A la memoria de Philip Kindred Dick

—¿Está completamente seguro de que desea hacer esto? Asistir a nuestra agencia es una medida drástica, la última opción a considerar.

—Estoy plenamente consciente de lo que hago. Y si borrar mi memoria es la única alternativa, entonces aceptaré las consecuencias.

—También debe considerar que las probabilidades de éxito en la misión que pretende emprender no están garantizadas. En ocasiones, las cosas se tornan más turbias de como empezaron.

—Comprendo los riesgos. No tiene que volver a repetirlo. Firmé el contrato y sanseacabó. Así que empiece.

—Muy bien. Ajustes Temporales S.A. de C.V., no se hace responsable del fracaso o alteración de las líneas temporales. Mucha suerte.

El año era correcto. Lo verifiqué observando distraídamente el periódico en un puesto colocado sobre la esquina de la calle. Había viajado sin nada más que un arma láser, escondida entre los pliegues de mi holgada camisa, y un poco de dinero falso (imitación perfecta de los billetes y monedas de la época). Lo había dejado todo atrás, hasta mis propios recuerdos, lo cual era, en cierta forma, una buena señal, pues indicaba que el borrado selectivo de memoria había sido todo un éxito.

A nadie le gusta que jueguen con su mente, que manoseen su cerebro para extraer la delgada hebra de algún acontecimiento, de un pensamiento, del germen de una idea, y borrarla para siempre. Está de más decir que tuve buenos motivos para meterme en semejante embrollo, o al menos confiaba en ello. Pues si no confiaba en mi buen juicio, entonces, ¿a quién más podría encomendarme?

La única pista de la que disponía eran recuerdos vagos, borrosos, que se transfiguraban a cada instante, hondeando como las líneas de calor en el desierto. Debía recordarme, a cada instante, que nada de lo vivido en los próximos cuarenta años, a partir de este punto, existía todavía. El futuro que conocía podría no suceder jamás, pues al fin y al cabo, el devenir es fluctuante. Por tanto, debía comportarme con suma cautela.

—Su cuerpo —recordé—, como bien sabrá, posee determinada cantidad de átomos; por lo tanto, al viajar en el tiempo, añadimos esos átomos a los átomos preexistentes en el universo durante la época a la que viajó. Esto significa que, según nuestros cálculos, su mera presencia en una línea temporal a la que usted no pertenece, generará una alteración espacio-temporal de aproximadamente $1 \times 10\text{-}52$ %. En el contrato que ha firmado, usted acepta como obligación, so pena legal, mantener ese porcentaje dentro de un margen de contaminación temporal aceptable. En caso de producir un efecto mariposa cuyas consecuencias se hagan sentir en nuestro tiempo, será arrestado por el gobierno...

Empecé a desplazarme por la calle, fundiéndome entre

los peatones, desvaneciéndome como una gota en el océano de la eternidad. Me dirigía a diez cuadras de mi posición, a los apartamentos donde sabía que podría reunirme conmigo mismo. Para cualquier viajero del tiempo semejante a mí, dicha reunión constituía siempre el primer paso lógico, dada la nula información que poseía. Encontrarnos, normalmente, ayuda a esclarecer un poco los motivos de la visita y prodiga al viajero de una ligera chance de modificar aquello por lo que había venido. En algunas ocasiones, inclusive, hasta podría predestinarse la victoria o el fracaso de la misión.

Me encaminé por una callejuela repleta de letreros de publicidad. Periódicos viejos, latas de refresco y botellas de cerveza eran arrastrados por el viento. Entonces, en ese preciso instante, un recuerdo pareció recorrer, activarse e insertarse en mi mente. Me veía a mí mismo, en el piso de arriba, asustado, rogando por mi vida..., y algo más, algo que todavía no podía vislumbrar con claridad, pero que podía intuirse en la escena, como una sombra que se cierne. Subí por las escaleras de emergencia —el metal chirriaba bajo mi propio peso—, metí la mano entre los pliegues de mi camisa y sentí la fría arma entre mis dedos. El recuerdo en mi cabeza se volvía más intenso, hasta tomar el carácter sólido y consistente de un *déjà vu*.

Ya he estado aquí, me dije, pero no como yo, sino como otra persona. Como alguien más joven.

Definitivamente se trataba del sitio adecuado. Llegué al tercer piso. Extraje el arma y la calibré para un fuego no muy intenso, de apenas unos cuantos watts de energía, lo suficientemente potente para cortar el vidrio de la ventana frente a mí e introducirme en el departamento. Una vez dentro, revisé cada rincón. Por suerte no había nadie, de lo contrario me habría metido en serios problemas.

Cuando me consideré a salvo cambié la configuración de la pistola, aumentando los watts a su máxima potencia. Un solo disparo de esa belleza y cualquiera quedaría carbonizado, como una hormiga bajo el cruel haz de una lupa sostenida por un niño travieso. Derretí la perilla y abrí la puerta que daba al pasillo. Ni un alma. Hasta ese entonces mi racha se mantenía.

En silencio y sosteniendo el arma con ambas manos a la altura de la cabeza, me desplacé por el pasillo alfombrado, hasta la habitación marcada con el número 7. Qué bien recordaba todo, ahora que volvía a estar allí. Yo sabía que se trataba de un recuerdo viejo, cuarenta años atrás, pero parecía tan fresco, tan nítido, que por un instante empecé a titubear. Me detuve en seco, poseído por una arrolladora sensación de confusión, incapaz de ordenar mis propias ideas.

—Llegará un momento —me dijeron esos científicos— en el que comenzarás a dudar de tu propia realidad. No es más que el universo corrigiéndose a sí mismo. Introduce recuerdos en tu cabeza, cosas que se supone tuviste que haber vivido para que la realidad tenga sentido. Si viajaste desde el 2016 a 1970 y te encontraste contigo mismo, es obvio que en el año 2016 conserves el recuerdo de esa reunión tan traumática. No tendría sentido que tu *yo* del futuro y tu *yo* del pasado recuerden cosas totalmente contrarias. Debe haber una lógica, y la posibilidad de una paradoja semejante es un cero redondo. Por lo tanto, no pierdas la cabeza cuando tu cerebro se sature de recuerdos extraños.

Tomé la perilla de la puerta número 7 y la giré. No tenía puesto el seguro, cosa extraña en un barrio como éste. La abrí con cuidado, recordando de súbito que los goznes estaban mal engrasados. Apuntaba con el arma al interior del departamento. El corazón me galopaba como un corcel de batalla y mi mente se había convertido en un espejo destrozado que lanzaba destellos que aguijoneaban mi cerebro con confusión.

Esto es real, no dejaba de repetirme en tono desesperado. No estoy alucinando. Los viajes a través del tiempo sí existen y vengo de cuarenta años en el futuro. No pertenezco a esta época, soy un intruso en el tiempo...

Desde la sala llegaba a mis oídos el ahogado murmullo de la televisión. Distinguí una última frase, dicha por un robot moribundo que solamente deseaba asemejarse a su creador. Fue mi película favorita cuando joven, aunque ya bastante vieja, incluso, cuando la vi por primera vez.

De una zancada recorrí el trecho que me separaba de la sala. Quedé plantado bajo el marco de la puerta, apuntando el arma láser justo a la nuca de un yo más joven, desprovisto de canas y rezumando mayor fuerza vital a través de su piel. Por un instante experimenté un ataque de melancolía y llegué a sentir un profundo amor por ese muchacho, que no era otro sino *yo mismo*.

Intuyendo mi presencia, el joven se dio la vuelta y me miró, como procurando discernir si era real o meramente una ilusión. El *déjà vu* que no paraba de generarse y destruirse en mi mente a cada instante casi me permitió leerle la mente al muchacho y me mostró, de un flashazo, cada una de las acciones que realizaría, tan claramente como si lo viera transcurrir frente a mis propios ojos.

—¿Quién eres tú? —titubeó—. ¿Qué quieres? ¡No tengo dinero, si es lo que buscas! Llévate lo que desees pero, por favor, no me lastimes.

Claramente estaba atemorizado.

No dije nada. Me contenté con mirarlo fijamente, penetrando en su mente a través de los recuerdos. Entonces, un sentimiento más terrible afloró de sus entrañas. Su corazón comenzó a latir cada vez más rápido y un oscuro manto mortuorio cayó sobre sus facciones, ensombreciéndolas. Supe entonces que pretendería escapar.

—Tranquilo. No hagas ninguna tontería... Ven acá —y extendí una temblorosa mano hacía él. No fue hasta entonces que noté que yo mismo estaba aterrado. Podía deberse al horror completamente natural que produce encontrarte contigo mismo, lo cual ya es lo suficientemente impactante como para matarte de un infarto. Pero había algo más. Algo impreciso, algo oculto entre las capas de la realidad, algo que se esparcía como un sucio vaho por mi cerebro.

Ante mi gesto tranquilizador, el joven dio un paso atrás. Definitivamente echaría a correr. ¿Por dónde? ¿Derecha, izquierda? El recuerdo era borroso. Aún no lo decidía... ¡Izquierda!

En efecto, el muchacho saltó hacia la izquierda, tiró de una patada la silla sobre la que había estado sentado (en un patético intento por distraerme), y se precipitó, convertido en un bólido, hacia la salida.

A pesar de ello lo atrapé —al instante— por el cuello de la camisa, y poniéndole una zancadilla, lo derribé. Coloqué mi arma sobre su frente y cubrí su boca con la otra mano. Entrecortados sollozos y súplicas se filtraron entre mis dedos, sus ojos brillaron por las lágrimas y su cara se puso roja como un tomate.

Definitivamente, pensé, esto ya lo he vivido antes, en mi juventud. Un hombre entró a mi casa y lo primero que pensé, cosa bastante natural, es que se trataba de un ladrón. Sin embargo, algo en su mirada me convenció de lo contrario. Supuse entonces que venía a matarme.

—Silencio —le rogué, siguiendo el confuso libreto que iba escribiéndose en mi mente, a la par de los acontecimientos—. No voy a herirte. De hecho, todo lo contrario..., he venido a ayudarte. Yo soy *tú*, pero vengo de otro tiempo. Para ser exacto, de cuarenta años en el futuro. Ahora, te soltaré y mantendrás la calma, ¿entendido?

El joven asintió. Lo solté.

—¿Vienes del futuro? —escupió, irguiéndose—. ¿Cómo es eso? ¿Acaso esa demencial agencia que se hace llamar Ajustes Temporales te envió, o algo así?

—Sí, así fue —respondí, comprendiendo súbitamente lo absurdo de la situación. Aunque claro, ¿qué podía esperarse de un universo donde uno pagaba para que le borraran la memoria y lo lanzarán a través del espacio-tiempo?

—No puedo creerlo... Todos dicen que esa empresa es una estupidez, que simplemente son astutos estafadores que pretenden robarle el dinero a los ilusos e incautos. Y ahora esto... Sí, claro, es natural, todo forma parte de un ciclo infinito...

—¿Ciclo infinito? —dije, interrumpiendo sus reflexiones—. No, eso resulta demasiado paradójico. Supondría una predeterminación de los acontecimientos y básicamente implicaría que todo lo que sucedió, sucede y sucederá ya está escrito. Algo semejante es inconcebible en el universo.

—Lo lamento..., es que resulta tan confuso... Dime, ¿a qué has venido?

—No lo sé. No lo recuerdo. Forma parte del viaje: un borrado de memoria selectivo.

—¿Qué? Eso no tiene sentido. ¿Entonces cómo pretendes ayudarme si ignoras por qué has venido?

—Es complicado —respondí, como si con eso pretendiera dejar zanjado el asunto. El muchacho me interrogó con la mirada. No tuve más remedio que explicárselo. Me conocía, y sabía lo obstinado que podía ser cuando algo picaba mi curiosidad.

—Se trata de la paradoja del abuelo —empecé, hurgando en busca de la explicación adecuada—. Cuando se inventó la máquina del tiempo los científicos ya habían pensado en un sinnúmero de paradojas espacio-temporales. Obviamente, ese artefacto prometía, de una vez por todas, solucionar las interrogantes actuales y futuras.

»Realizando diversos experimentos se dieron cuenta que, cuando uno viajaba con la clara intención de modificar algo en el pasado y lograba su cometido, de inmediato se incurría en la paradoja del abuelo. «No puedes matar a tu abuelo en el pasado, porque entonces tú no habrías nacido y jamás habrías podido realizar semejante viaje». Eso se aplicaba a todo, hasta al menor cambio realizado conscientemente. Sin embargo, también notaron que cuando producían una modificación accidental en el pasado, ésta sí alteraba el futuro. La paradoja del abuelo no se aplica en los casos accidentales.

»Fue entonces cuando a los creadores de Ajustes Temporales se les ocurrió una magnífica idea: ¿y si matas a tu abuelo por accidente? En otras palabras, ¿y si tu viaje en el tiempo se realiza sin la *intención* de asesinar a tu abuelo y, sin embargo, por azares de las circunstancias, terminas haciéndolo? Claro, todo esto es metafórico, pero la idea está allí: la *voluntad* humana de modificar o no modificar el pasado afecta la continuidad espaciotemporal.

»Por tal motivo, si pretendemos cambiar nuestro pasado se suprimen fragmentos de la memoria. Así no tenemos un *motivo* para viajar en el tiempo, y si alteramos algo por «accidente», no se incide en ninguna paradoja y la modificación será permanente.

—Aun así, las probabilidades de producir un cambio significativo son casi nulas. Sería como encontrar una aguja dentro de un pajar —observó, muy atinadamente, mi *yo* joven.

—Lo sé. Sin embargo, dichas probabilidades no llegan a cero, y esa es la diferencia. Necesito tu ayuda para echar algo de luz sobre los motivos que me trajeron hasta aquí. A nivel inconsciente todavía conservo piezas sueltas de ese rompecabezas. Sólo necesito que me suministres la imagen para poder armarla.

—¡Yo qué sé! —exclamó el muchacho, levantándose de un salto—. Hay un sinfín de posibilidades.

—Inténtalo. Yo... —pero me callé de inmediato. Una vibración, como si de improviso se cimbraran los soportes de la mismísima existencia, atravesó mi mente como un rayo. Todo pareció transcurrir en cámara lenta.

«Si desea tener éxito, debe sobreponerse a su propia confusión. Debería considerarse afortunado: no permitimos que cualquiera viaje en el tiempo. Previamente, todos nuestros pasajeros deben acreditar un examen mental para asegurarnos que sus intenciones no son psicopáticas y que soportarán el choque psicológico que un viaje semejante implica. La cognición del espacio-tiempo a un nivel superior no es sencilla de aguantar».

La puerta principal se abrió de golpe. La chapa votó por el impacto y la madera se partió por la mitad. Una figura, tan familiar que me dejó sin aliento al vislumbrarla por primera vez, bloqueaba la salida y nos apuntaba con un arma láser.

—¡Abajo! —grité y tacleé a mi yo más joven, protegiéndolo con mi propio cuerpo. El invisible haz del láser pasó a escasos centímetros sobre mi cabeza. Pude sentir mis cabellos chamuscarse y oler la desagradable peste de la carne quemada. De inmediato alcé mi arma y disparé. Pero la misma habilidad de prever el futuro, en cierta manera, brindó a mi atacante la oportunidad de esquivar mi disparo. En su lugar, el concreto de la pared se ennegreció y chisporroteó espontáneamente, escurriéndose en forma de hilos ígneos.

—¡Quédate abajo! —indiqué a mi otro yo, que temblaba, con las rodillas dobladas a la altura del pecho y las manos rodeando su cabeza.

Casi pude sentirlo... su dolor, su pavor, como si reviviera ese momento. De muchas maneras, era así.

Apunté con mi arma al hombre de pie frente a mí. Él hizo lo mismo. Pero ninguno disparó, ya ambos sabíamos que el otro sabía que su adversario no tiraría del gatillo. Pues ese sujeto no era otro más que yo mismo.

—Si disparas podrías arruinarlo todo —le dije, intentando leer en las líneas del tiempo el futuro. Él, seguramente, hacía lo mismo.

—Eso, o al matarte podría estar completando mi misión. ¿Cómo asegurarme que tú no perteneces a un primer viaje fallido que lo arruinó todo y que ahora mi objetivo es evitar que tú cometas el mismo error?

—¿Y cómo saber que tú eres el bueno? Podría ser *yo* quien debe evitar que tú produzcas un desajuste en nuestra vida.

No supo qué responder. Ciertamente, yo tampoco lo habría sabido. ¿Cómo probar cualquiera de los puntos de vista con nuestras mentes borradas? Podría ser que yo fuera el malo y estuviera atrapado en un ciclo temporal que el otro vino a cambiar; o nada de eso, y nuestra presencia aquí podría ser producto de la mente de un tercero, a quien le conviniera producir un escenario semejante. De hecho, los dos podríamos ser títeres de Ajustes Temporales S.A. de C.V., de un complot gubernamental, de alguna civilización alienígena... No, ¿en qué estoy pensando?, me dije. ¿Acaso acabo de perder el juicio? Debía concentrarme, debía forzarme a hacerlo, apartar la bruma que opacaba mi raciocinio.

Para empezar, ¿los viajes en el tiempo existían? ¿Y si nada más éramos gemelos o clones a quienes nos borraron la memoria para hacernos creer que viajamos en el tiempo? No podíamos confiar en nadie, ni siquiera en la compañía que nos envió. Ellos me dijeron que esto no era posible, que los ciclos eran demasiado paradójicos y por lo tanto inexistentes. Y, sin embargo, forzosamente uno de los dos debía estar atrapado dentro de uno.

—Dudarás de tu realidad —me dijeron—. Deberás aprender a distinguir entre los delirios y aquello que verdaderamente existe. Otras dimensiones, maquinaciones absurdas, paranoia..., todos los síntomas de una mente enferma. Pero tú no estás enfermo. Oh no, para nada..., tú estás sano, tu cerebro se encuentra en perfectas condiciones...

Pero, ¿cómo distinguir lo real de lo imaginario? ¿Cómo separar la verdad de los inventos de la mente, cuando no existen pruebas fehacientes que apoyen ninguna de tus hipótesis? Cualquier cosa podría ser verdad, toda la realidad se volvía subjetiva, enteramente dependiente de la interpretación personal de los hechos. Maldita sea... ¡Cómo no volverse loco! ¡Cómo evitar desquiciarse cuando se flota en el vacío de la incertidumbre!

¿Y si ese hombre no era yo? ¿Y si yo era otra persona? Recordaba mi cara, claro, pero ¿cómo comprobar que no me la cambiaron por medio de cirugía, o que implantaron un recuerdo falso para hacerme creer que mi cara es la del hombre frente a mí? No podía más, ¡no podía!

Me abalancé sobre ese hombre, bien fuera yo mismo, otro agente, una ilusión, un extraterrestre. No importaba ya. Él era el motivo de mi confusión, el factor que había desencadenado mi locura. Si lo mataba todo volvería a la normalidad. Yo estaría bien, el mundo volvería a ser racional y completaría mi misión, ya fuera personal, implantada, obligada o como fuera. Sólo debían permitirme sacarle los ojos, dejarme romperle la garganta, quebrar hasta el más pequeño hueso de su profano cuerpo...

Pero el último chispazo moribundo de un recuerdo, de un *déjà vu*, me obligó a apartarme, pues ese individuo, defendiéndose de mi ataque o poseído por la misma impotencia que me impulsó a atacarlo, iba a disparar.

El rayó cruzó la estancia a la velocidad de la luz y en menos de lo que un impulso eléctrico tarda en transportarse de una neurona a otra, impactó de lleno en el pecho de mi yo joven que aprovechaba la distracción para huir. Un agujero negro se formó en su pecho, escupiendo fuego como la boca de un cañón. Fulminado, cayó como un saco humeante... y completamente muerto.

Entonces todo se disolvió, la sustancia del universo se diluyó en paradójicas marañas. El hombre que disparó, el cadáver del muchacho cuyos vacuos ojos parecían traspasarme las paredes, el suelo, el cielo raso..., todo se difuminó, como la tinta en el agua..., todo excepto mi recuerdo de los acontecimientos.

Un instante después me encontraba retorciéndome entre los brazos de dos corpulentos empleados de Ajustes Temporales S.A. de C.V., mi boca espumajeando y los ojos, inyectados en sangre, posándose en los rostros de cada uno de los presentes.

—¡Malditos! ¡Desgraciados bastardos! ¡Capitalistas, estafadores, mercenarios de mierda! —gemía completamente fuera de mí, agitado por un instinto asesino que me invitaba a arrancarles las entrañas a cuantos veía—. ¡Saquen las manos de mi cerebro, aparten sus sucios dedos de mi mente! ¡Ustedes lo sabían! ¡Me engañaron, me mintieron! ¡Sabían que los ciclos existían, sabían que yo ya había viajado antes! ¡Sabían que me encontraría conmigo mismo!

Alberto Hernández

(Acolman, México, 1998). Egresado de la Escuela Nacional Preparatoria No. 9 "Pedro de Alba" y estudiante de la Facultad de Estudios Superiores "Acatlán", en la carrera de Lengua y Literaturas Hispánicas. Escritor de cuentos y ensayos; tiene una novela corta aún inédita titulada *El laberinto*.

Sus principales aficiones son el terror y la ciencia ficción, siendo sus principales fuentes de inspiración Asimov, Dick, Wells y Lovecraft, aunque igualmente retoma elementos del cine de género fantástico.

Esta es su primera publicación formal, por lo que con la edición de estos tres cuentos se inicia su trayectoria como autor.

Índice

Obras publicadas en Lectio

Antologías

Poetas a la intemperie I

Exploraciones Quiméricas Vol. 1

Cuento

Un perdedor sin futuro, Raúl Solís

Acúsome, padre, Rocío Herrera

Manual de acrobacia cotidiana, Rodrigo de Ávila

Poesía

Entre una estrella y dos golondrinas, Manuel Sauceverde

Divino poemario, Erik Meneses

La flor de un cardenche, María Elisa Schmidt

Novela

Overcast, Jorge Varela

Descarga este libro gratis

1. Escribe tu nombre y apellido, con pluma o bolígrafo, en la página donde aparece el título de este libro y el logo de Lectio.

2. Tómale una foto al libro, debe verse la página con tu nombre.

3. Envíanos la foto a: ebooks@lectio.com.mx

En poco tiempo, recibirás un enlace para descargar tu libro.

Los túneles y otros cuentos es parte de la iniciativa
#QuiénHaceMisLibros
en favor de visibilizar a los distintos participantes
en la realización del producto editorial.

Los túneles y otros cuentos de José Alberto Rodríguez Hernández se
terminó de componer en enero de 2020 en el estudio de diseño editorial
de Lectio en la Ciudad de México.
La revisión y el cuidado de la edición estuvieron a cargo de Alan Santos
y Roberto Arias.
Para su composición se emplearon las familias tipográficas Cormorant
Garamond, Cormorant Infant y Cutive Mono.

Para conocer el fondo editorial de Lectio visita: www.lectio.com.mx

La quimera de la literatura